AF240156

Yf 9486

LA GAGEURE,

OU

LETTRE DU RÉDACTEUR

DE L'ARTICLE SPECTACLES

DANS

LE FAMEUX FEUILLETON,

A M.******.

SE TROUVE A PARIS,

Chez **DABIN**, Libraire, Palais du Tribunat, au bas de
l'escalier de la Bibliothèque ;

Et chez les Marchands de Nouveautés.

AN XI. — 1802.

LA GAGEURE,

OU

LETTRE DU RÉDACTEUR

DE L'ARTICLE SPECTACLES

DANS

LE FAMEUX FEUILLETON,

A M.******.

> *Fundamentum est autem justitiae fides ;*
> *id est, dictorum, conventorumque constantia*
> *et veritas : ex quo credamus, quia fiat,*
> *quod dictum est, appellatam fidem.*
> CICERO, *de Officiis, l. I, cap. VII.*

Paris, ce 20 Frimaire an 11.

MONSIEUR,

Votre mauvaise foi m'étonne, et c'est avec peine que je me vois forcé de la rendre publique.

Vous me demandâtes, il y a environ dix-huit mois, comment, après avoir rédigé, dans le commencement de la révolution, la feuille de *l'Ami du Roi*, j'avais pu travailler ensuite pour le *Journal des Défenseurs de la Patrie ;* je vous donnai, à cet égard, les explications les plus lumineuses, et ces explications amenèrent entre vous et moi un pari assez singulier.

Je gageai 50 louis que, pendant un tems déterminé, je remplirais mon Feuilleton (1) *des contradictions les plus grossières, de fautes de langage et de platitudes ;* que je m'y montrerais *inepte, impudent, menteur et lâche ;* que j'y afficherais *la mauvaise foi, l'orgueil et la suffisance.*

Le terme que nous avions fixé à cette gageure vient d'expirer, et vous prétendez que je l'ai perdue, quoique la voix publique vous donne le démenti le plus formel.

Dans le premier mouvement qu'a excité en moi votre injustice, je voulais vous traduire devant les tribunaux ; mais j'ai pensé qu'une lettre vous ouvrirait peut-être les yeux, et, par amour pour la paix, j'ai résolu de tenter encore ce moyen auprès de vous, avant d'en venir à des hostilités sérieuses.

Si je voulais développer ici tous mes titres au gain de la gageure, je pourrais sans peine faire un volume ; la matière ne me manquerait même pas pour deux ; mais je destine cette lettre à l'impression, et comme je veux qu'elle soit lue, je dois la circonscrire dans de justes bornes. Je me réduirai donc à un simple aperçu, tel cependant, qu'il portera la conviction dans tous les esprits.

Je puiserai mes preuves, au hasard, dans mes Feuilletons, qui, vous ne pouvez le nier, sont les véritables et uniques pièces du procès (2).

J'entre en matière, et je commence par les *Contradictions,* puisqu'elles forment le premier article de la gageure.

1.ere *Contradiction.* Feuilleton du 22 Ventôse an 10, j'ai dit que je mettais au rang des meilleurs ouvrages composés depuis Racine, *Zaïre, Alzire, Mahomet* et *Mérope,* qui me paraissaient *les quatre chefs-d'œuvres de Voltaire.* « D'autres tragédies, ai je ajouté, telles qu'*OEdipe,* » *Mariamne, Brutus,* sans avoir autant d'éclat au théâtre, » se distinguent par un style pur et correct, par une marche

____

(1) Article *Spectacles* seulement, dont vous savez que je suis le rédacteur exclusif.

(2) Ceux qui n'en auraient pas la collection, la trouveront dans les Cabinets de lecture, si communs dans la capitale, notamment chez *Girardin,* au Palais du Tribunat.

» régulière, une élégance souvent digne de Racine, et
» une grandeur qui approche quelquefois de celle de
» Corneille. »

Or, maintenant voici ce que j'ai dit, F. du 23 Prairial
suivant :

« La littérature n'offre point d'exemple d'une entrée
» aussi brillante que celle de Voltaire dans la carrière
» dramatique ; c'est dommage qu'une course de trente
» ans ne l'ait pas conduit au-dela *du premier pas qu'il*
» *fit dans OEdipe*..... Si on veut se donner la peine
» d'établir une comparaison régulière et motivée entre
» *OEdipe* et les autres tragédies fameuses du même au-
» teur, on trouvera que c'est réellement celle qui est
» *la mieux versifiée, la plus sage, la mieux conduite:*
» *elle offre moins de défauts et un plus grand nombre*
» *de véritables beautés*..... Aujourd'hui c'est la tragédie
» de Voltaire qu'on écoute *avec le plus d'intérêt, et que*
» *l'on applaudit davantage* (1). »

Ensuite, F. du 16 Vendémiaire de l'an 11, j'ai prétendu
que, pour trouver le chef-d'œuvre de Voltaire, *il fallait*
choisir entre Zaïre et Mérope.

Ainsi, le 22 Ventôse, *Mahomet, Zaïre, Alzire* et
Mérope, étaient à mes yeux les quatre chefs-d'œuvres de
Voltaire ; je ne plaçais son *OEdipe*, sa *Mariamne* et
son *Brutus*, qu'en seconde ligne : ces dernières pièces,
disais-je expressément, ont moins d'éclat au théâtre.

Et trois mois après (le 23 Prairial suivant), *OEdipe*
l'emportait, selon moi, sur toutes les autres tragédies du
même auteur : on l'écoutait avec plus d'intérêt, on l'ap-

---

(1) « Quelques personnes, dit Laharpe, pag. 39 et 40
» du t. 9 de son Cours de Littérature, ont écrit qu'*OEdipe*
» était la meilleure pièce que Voltaire eût faite ; mais on
» peut être bien persuadé que c'est moins pour exalter cet
» ouvrage, que pour rabaisser ceux qu'il a faits depuis.
» La haine est perfide jusque dans ses louanges ; et ceux
» qui sont dans le secret des petits moyens qu'elle
» emploie, savent que, quand elle se fait cet effort de
» louer beaucoup le premier ouvrage d'un auteur, c'est
» uniquement pour en conclure *qu'il n'a pu aller au-*
» *delà* : elle applaudit le talent au premier pas, mais c'est
» pour dire qu'il s'y est arrêté. Heureusement cette pré-
» férence maligne est bien démentie par l'opinion générale ;
» et l'on sait que l'auteur d'*OEdipe* prit bien un autre
» essor depuis *Zaïre* jusqu'à *Tancrède*. »

I . .

plaudissait davantage : Voltaire n'avait pas été *au-delà*.

Et enfin, quatre mois après cette dernière opinion (le 16 Vendémiaire an 11), je n'ai plus soutenu qu'*OEdipe* fût le chef-d'œuvre de Voltaire; mais j'ai dit que, pour le trouver, il fallait choisir entre *Zaïre* et *Mérope*.

Il me semble, Monsieur, qu'en me voyant entrer en lice avec de telles armes, vous devriez trembler sur l'issue du combat, et me dispenser d'aller plus avant; mais vous ne vous rendez pas; préparez-vous donc à de nouveaux coups.

2.ᵉ *Contradiction*. F. du 22 Ventôse an 10 : « Les tra- » gédies d'*Oreste*, de *Sémiramis*, etc., quoiqu'inférieures » à *Zaïre*, à *Mahomet*, à *Alzire*, à *Mérope*, etc., offrent » UN GRAND NOMBRE *de morceaux et de scènes qui décèlent* » *un talent* TRÈS-HEUREUX ET TRÈS-DISTINGUÉ. » J'ai même ajouté que telle avait *toujours* été mon opinion sur le théâtre de Voltaire.

Et F. du 1.ᵉʳ Thermidor suivant, où j'ai rendu compte de la reprise d'*Oreste*, j'ai imprimé que cette pièce était *un galimatias ennuyeux*, farci de *redites*, de scènes *inutiles*, de situations *forcées;* que les caractères étaient *outrés;* que les personnages *ne savaient ni ce qu'ils faisaient, ni ce qu'ils disaient; qu'il n'y avait point de plan, point de marche, point d'ensemble, et que le dénouement était ridicule;* en un mot, qu'*Oreste* n'était qu'*une espèce de centon de tous les vieux lambeaux qui traînaient dans la garderobe de Melpomène*.

Et enfin, F. du 20 du même mois, j'ai dit que *Sémiramis* faisait *bâiller ou rire*, et que c'était une pièce *froide et ennuyeuse, que le seul esprit de parti soutenait encore*.

Vous m'objectez, Monsieur, que vous n'aviez pas remarqué et sur-tout comparé ces différens passages, et je vous crois sans peine; il y a tant de personnes qui lisent sans réfléchir! Mais les rapprochemens que je viens de faire en sont-ils moins exacts? et que m'importe à moi que vous ne sachiez pas lire, ou que vous n'entendiez pas ce que vous lisez?

Monsieur, ce n'est pas tout de lire;
Il faut digérer ce qu'on lit.

3.ᵉ *Contradiction*. F. du 29 Messidor an 10 : « J'en- » tends beaucoup vanter cet esprit philosophique que » Voltaire a, dit-on, répandu dans ses tragédies...... » J'avoue que je l'y cherche en vain; je n'y trouve que

» *des sentences* REBATTUES *et souvent* FAUSSES *, où la raison*
» *n'est pas toujours d'accord avec la rime*, et dont le style
» est même quelquefois *lâche et prosaïque.* »

J'ajoute, dans le même article, que les tragédies de
Zaïre, d'*Alzire*, de *Mahomet* et de *Mérope, sont pleines
de* DÉCLAMATIONS ET DE LIEUX COMMUNS ; .... que je trouve
dans *Alzire* des déclamations *usées* sur les cruautés des
Espagnols, sur la bonté de Dieu, sur l'intolérance barbare
qui se sert des tourmens pour forcer les consciences, etc.

Or, F. du 22 Ventôse précédent, j'avais imprimé qu'il
y avait dans ces quatre tragédies des caractères *brillans*,
des situations *pathétiques*, des tirades *très-éloquentes*, des
SENTENCES ADMIRABLES *et de très-beaux vers* .....; que
Naudet avait mérité des applaudissemens dans le *beau*
rôle d'Alvarez (vous n'ignorez pas que c'est un des personnages de la tragédie d'*Alzire*) ; et je terminais par cette
phrase remarquable : « Il est difficile de n'être pas applaudi
» quand on débite CES ADMIRABLES MAXIMES DE TOLÉRANCE
» ET D'HUMANITÉ, *qu'on ne peut jamais trop prêcher aux*
» *hommes.* »

Enfin, F. du 22 Brumaire an 11, la tragédie d'*Alzire*
est *un galimatias moral,* qui ne paraît neuf que parce
qu'il est étranger à la tragédie ; *le bon sens y est violé*
A CHAQUE SCÈNE ; *ce ne sont que les jeux d'un sophiste
et les illusions d'un cerveau* MALADE.

Je vous entends, Monsieur, vous récrier que cela n'est
pas croyable : permettez-moi de vous observer que vous
n'êtes pas dans la question. Je n'ai jamais prétendu que
mes contradictions fussent croyables ; je vous ai seulement
soutenu qu'elles étaient vraies ; et consultez mes Feuilletons, si vous avez des doutes.

4.ᵉ *et double Contradiction.* F. du 9 Messidor an 9 :
« Le caractère d'Orosmane réunit à la fierté sauvage d'un
» Scythe, LA DÉLICATESSE ET LA GALANTERIE *d'un chevalier*
» *français.* »

F. du 8 Fructidor suivant : « Personne n'aime *Zaïre*
» PLUS QUE MOI. »

F. du 25 Brumaire an 10 : « On n'a trouvé à T....
» *ni la dignité,* NI LA GRACE, NI LA PASSION, *qui carac-
» térisent l'amant de Zaïre.* »

F. du 16 Frimaire suivant : « T.... ne conserve point
» assez ce mélange *de fierté et* DE PASSION *qui règne dans*
» TOUT *le rôle d'Orosmane.* »

F. du 18 Pluviôse : « Orosmane est *généreux et inté-*
» *ressant.* »

Vous venez de voir que (F. du 22 Ventôse suivant) *Zaïre* me paraît *un des quatre chefs-d'œuvres* de Voltaire ; de plus (F. du 29 du même mois), le sujet de *Zaïre* est plus *agréable*, plus *intéressant* que celui de *Bajazet*, quoique traité avec moins d'art.

Mais depuis, et F. du 2 Fructidor, Orosmane est un composé *de la rage la plus* BRUTALE, *un épileptique, un fou brusque ; il se tord comme un possédé qu'on exorcise ;* il a *des coliques néphrétiques ;* il ressemble *à un diable qu'on arrose d'eau bénite ; il insulte Zaïre par des grossièretés* BRUTALES ; Zaïre est *une hébétée qui fait des parades dramatiques, et qui perd le sens commun en retrouvant ses parens ;* Nérestan, son frère, est un fanatique *ignorant et* BRUTAL (1), et *le bonhomme* Lusignan, un des personnages *de la comédie des Visionnaires.*

Ensuite, F. du 16 Vendémiaire, an 11, *Zaïre* est l'un des ouvrages *qui fait le plus d'honneur au talent de Voltaire ;* c'est dans cette pièce qu'on reconnaît *cette grâce, cet abandon, cette heureuse facilicité,* CETTE GALANTERIE PASSIONNÉE *et cette fraîcheur de coloris, qui le distinguent de tous les autres écrivains.*

Et onze jours après, c'est-à-dire, F. du 27 du même mois, la tragédie de *Zaïre* m'inspire *le dégoût et l'ennui.*

Et vous refusez de fléchir devant toutes ces contradictions ! Ah ! Monsieur, quelle opinion voulez-vous donc que le public conçoive de votre judiciaire, quand il vous verra nier aussi obstinément l'évidence ?

Pourtant je vous sais quelque gré de votre entêtement ; il me fournit du moins une occasion de me réhabiliter dans l'esprit de mes lecteurs. Cette petite discussion va les convaincre, en effet, que ce qu'ils avaient peut-être regardé en moi comme les résultats d'un cerveau dérangé, n'était qu'un badinage très-innocent, puisque ce badinage n'avait, de ma part, d'autre objet que de gagner un peu d'or.

5.ᵉ *Contradiction.* J'ai souvent aboyé après Voltaire, parce que, selon moi, il a peu ménagé Corneille dans le Commentaire qu'il a fait de ses ouvrages dramatiques ; j'ai même dit, à cette occasion, F. du 22 Ventôse an 10, que Corneille, ce grand homme *si simple, si franc, si modeste* (ce sont mes expressions), me commandait *le*

---

(1) Remarquez que voilà pour la troisième fois le mot *brutal* dans le même paragraphe ; mais n'en concluez pas que je mérite l'épithète.

respect; que ses beautés étaient *à lui*, et ses défauts *à son siècle*.

Et F. du 6 Germinal suivant, après avoir rappelé à mes lecteurs, que Corneille assistant à une représentation de *Bajazet*, avait dit que *les Turcs étaient bien francisés dans cette tragédie*, j'ai ajouté, dans mon profond respect pour ce grand homme, *dont les beautés sont à lui, et les défauts à son siècle*, que ce jugement convenait bien peu à un poëte qui, dans *la Mort de Pompée*, avait fait de César le plus froid et le plus insipide galant, et qui prêtait à la plupart de ses héros le langage de ce qu'on appelait autrefois *les ruelles*.

De plus, F. du 11 Fructidor suivant, j'ai avancé, toujours avec le plus profond respect pour Corneille, ce grand homme *si franc, si simple, si modeste*, que le dernier vers de sa comédie du *Menteur* était *une* PLATITUDE *mal-adroite*; comme si, dans le cas même où ce vers serait réellement une platitude, il convenait à un cuistre qui barbouille du papier à tant la page, de parler, avec cette irrévérence, des fautes qui peuvent être échappées au père de notre scène tragique. Je m'emporte, je le sens; mais, Monsieur, je plaide ma cause; vous êtes mon adversaire, et j'ai résolu de ne pas vous épargner.

6.ᵉ *Contradiction*. « De grands politiques qui attachent
» plus de prix *à la tranquillité de l'Etat* qu'aux vers d'un
» poëte, auraient pu juger, dans le tems que la tragédie
» de *Mahomet* parut (lisez mon Feuilleton du 20 Pluviôse
» an 10), qu'un pareil spectacle était sans aucune utilité
» pour la nation, et n'était pas *sans danger*. »

Et dans le même F., et quelque lignes plus bas, je me suis écrié avec une emphase ridicule : « Rimeurs,
» qui vous prétendez les précepteurs des hommes, ce ne
» sont pas vos écrits qui forment l'esprit public; c'est l'es-
» prit public qui *dicte* vos écrits : *votre siècle vous sub-*
» *jugue*, quand vous croyez le dominer; et loin de
» maîtriser l'opinion, *vous n'en êtes que les esclaves*. »

Accordez, si vous pouvez, Monsieur, ces deux passages ensemble. Si l'esprit public dicte les écrits des rimeurs; si, loin de former l'esprit public; si, loin de maîtriser l'opinion, les rimeurs n'en sont que les très-humbles esclaves, la publication de leurs écrits ne peut être dangereuse pour la tranquillité de l'Etat. Dans ce système, le mal est tout fait, quand leurs vers sont livrés à l'impression. En un mot, dans ce système encore, la tragédie de *Mahomet* a pu être représentée sans inconvénient; car, si le *rimeur*

(8)

qui en a enrichi la scène , ne l'a écrite que sous *la dictée de l'esprit public* , il est évident qu'il n'y avait pas à redouter qu'elle donnât une mauvaise impulsion à cet esprit public , puisqu'elle n'en était que le résultat : ce serait , au contraire , l'esprit public qui aurait donné une mauvaise impulsion à l'esprit particulier de l'Auteur. Je suis curieux de savoir comment vous détruirez cet argument, et je vous attends à la réplique.

7.ᵉ *Contradiction.* J'ai traité Fontenelle d'*impudent* et de *fou* , dans le Discours préliminaire de ma *Traduction de Théocrite.* Un de mes anciens écoliers a rendu compte de cette traduction dans le *Journal de Paris* et dans le *Moniteur* , et en a fait le plus pompeux éloge ; cependant il a osé en même tems me remontrer avec humilité , que je n'aurais pas dû parler de Fontenelle avec cet excès d'amertume : mais j'ai vigoureusement réfuté ce téméraire , en lui prouvant , F. du 7 Pluviôse an 10 , qu'il était *un cabaretier* , et F. du 5 Brumaire suivant , qu'il était *un marchand de vieilles ferrailles.*

Quoi qu'il en soit , depuis la publication de ma traduction , j'ai dit (F. du 9 Fructidor an 10) que Fontenelle *fut le premier qui imagina de cacher la profondeur sous le voile de la simplicité et de la plaisanterie , de philosopher en se jouant; que ce talent n'appartenait* QU'AUX ESPRITS SUPÉRIEURS , etc.

Vous m'observez, Monsieur , que vous ne voyez point là une contradiction ; mais simplement une réparation que j'ai voulu faire à Fontenelle ; je vous jure , Monsieur , que vous êtes dans l'erreur. D'abord, tout le monde vous dira que je ne fais jamais de réparation à ceux que j'injurie , et sur-tout aux philosophes ; et oubliez-vous que Fontenelle a fait l'*Histoire des Oracles?* oubliez-vous qu'il est l'auteur d'un *Discours sur l'origine des Fables* , où il a ridiculisé les fables religieuses des anciens , de manière à faire sentir à ses lecteurs qu'il n'avait pas beaucoup de respect pour les fables religieuses des modernes? oubliez-vous , enfin , que , dans le *Journal des Défenseurs de la Patrie* , du 24 Ventôse an 8 , j'ai dit (et notez qu'alors il ne s'agissait pas d'une gageure) que *la superstition était* LA SOURCE DES VERTUS? Et comment pouvez-vous penser que j'aie sérieusement qualifié d'*esprit supérieur* un écrivain dont les ouvrages s'accordent si peu avec mes principes , si toutefois j'ai des principes? Ensuite, et pour vous prouver sans réplique, que mon intention n'a pas été de chanter la palinodie à l'égard de Fontenelle , dans mon

Feuilleton du 9 Fructidor an 10, mais que mon seul déssein a été de m'assurer une contradiction de plus contre vous, en définitif, je vous déclare expressément que je ne cesse pas de regarder *comme un impudent et un fou*, l'auteur des *Entretiens sur la pluralité des Mondes*, des *Dialogues des Morts*, et des *Éloges des Académiciens*. Je suis fâché de vous le dire, Monsieur, vous sortirez difficilement de là sans payer.

Fautes de langage. F. du 20 Thermidor an 10, pour exprimer la prétendue enflure du style de Voltaire dans *Sémiramis*, je me suis servi de ces mots : *les ampoules* du poëte.

Or, Monsieur, le mot *ampoule* ne s'emploie qu'au propre, et n'a point de sens au figuré. Par exemple, on dirait fort bien : Le révérend père Geoffroy faisait jadis pousser des *ampoules* aux mains de ses écoliers, lorsqu'armé d'une large et longue férule qu'il portait attachée avec une ficelle en sautoir par-dessus sa robe, il les en meurtrissait sans pitié, pour leur inculquer paternellement la catachrèse ou l'onomatopée.

Le mot *ampoule* serait justement placé dans cette circonstance; mais on n'a jamais dit *les ampoules d'un poëte*, à moins que le poëte ne fût en même tems, ou tailleur de pierres, ou forgeron, ou batteur en grange, ou, si vous l'aimez mieux, cabaretier et marchand de vieilles ferrailles. Je savais tout cela, Monsieur, lorsque j'ai imprimé que le style de Voltaire avait *des ampoules*; mais que ne fait-on pas, que ne dit-on pas pour gagner 50 louis? *Auri sacra fames.*

F. du 2 Fructidor an 10 : « Zaïre fait entendre à Orosmane les accens de l'amour le plus naïf et le plus vrai; il doit en être touché : *cette* LANGUE *va si bien au cœur d'un amant !* »

Quelle langue, je vous prie? Celle de l'amour. Mais, Monsieur, vous n'ignorez pas plus que moi, qu'en ce sens *la langue de l'amour* n'est pas une expression française. On dit *le langage* de l'amour, *la langue* d'une nation, *le langage* des passions, et la mauvaise *langue* de M. Geoffroy. Ce sont là de ces choses que tout le monde sait.

F. du 21 Fructidor an 10, pour dire que, passé certain âge, les années diminuent le talent d'un artiste, je me suis exprimé ainsi : « Il est un âge où treize ans de plus n'accommodent pas mieux une voix qu'un visage. »

Mais, Monsieur, je vous le demande, qu'est-ce que treize ans qui accommodent un visage ou une voix? N'est-ce pas là du galimatias tout pur? et Cyrano de Bergerac ou le marquis de Mascarille se seraient-ils exprimés autrement? Vous prétendez, il est vrai, que ma phrase est jolie, et que même elle a l'air d'une pensée; mais, Monsieur, est-ce ma faute à moi, si vous avez le front de trouver jolie une locution souverainement ridicule? et dois-je perdre la gageure parce que vous n'avez pas de goût?

Passons aux *Platitudes*.

> Combien à mes bontés il faudra qu'il réponde !
> Je l'épouse, et pour dot je lui donne le monde,

dit la Sémiramis de Voltaire à sa confidente, dans un moment où elle se félicite de la résolution qu'elle a prise d'épouser Arzace. Or, écoutez-moi sur ces deux vers, dans mon Feuilleton du 27 Thermidor an 10.

« Quel auguste calcul pour l'auguste veuve de Ninus ! » On croit entendre la fille d'un agioteur dire la veille de » ses noces : Il faudra que mon mari soit bien complaisant, » bien obéissant; j'en ferai ce que je voudrai, car pour » dot je lui apporte un million. Qui croirait qu'on trouve » de pareilles pauvretés au milieu des trésors poétiques » de Voltaire ? »

Quoi, Monsieur, vous ne sentez pas que ce rapprochement ridicule n'est qu'une parodie impertinente ! Et, en effet, pourquoi une reine qui va épouser un de ses sujets, et qui n'ignore pas que ce mariage va peut-être la soumettre aux volontés d'un maître, ne ferait-elle pas, dans une telle situation, la réflexion consolante, que l'Empire qu'elle apporte en dot à son époux, sera pour lui une source d'égards et de reconnaissance ? En quoi cette réflexion déroge-t-elle à la dignité de Sémiramis ? N'est-elle pas toute naturelle dans sa position ? et dès-lors le vil calcul que j'ai voulu y trouver, n'est-il pas une platitude pitoyable ? Heureusement pour moi, ce n'est pas la seule.

Vous savez que Zaïre promet à Nérestan de ne point consentir à son hymen avec Orosmane, avant d'avoir vu en secret le pieux ministre qui doit l'éclairer ; que par suite de cette promesse elle conjure Orosmane (scène 2 du quatrième acte) de lui accorder la journée pour se recueillir.

> « Eh bien ! il faut vouloir tout ce que vous voulez, »

lui répond le tendre soudan, après quelques instants de résistance.

« Il est difficile, ai-je observé, F. du 5 Ventôse an 10, de » prononcer cette ligne de prose, sans mettre à la place du

» soudan de Jérusalem un bourgeois de la rue St-Denis,
» qui cède aux importunités de sa femme. »

Mais d'abord, en isolant ainsi des vers de ceux qui les
précèdent et qui les suivent, sur-tout dans une tragédie,
où le dialogue exige souvent une extrême simplicité, on
trouverait dans Racine même une foule de vers prosaïques.

Ensuite je ne vois pas ce qu'a de commun avec les importunités d'une femme de la rue St-Denis, envers son
mari, la prière que fait Zaïre à Orosmane, de différer
d'un jour leur hymenée? Orosmane en cédant à cette
prière, cède non pas à une femme criarde qui l'ennuie,
mais à une tendre amante qu'il aime passionnément.

Enfin le vers par lequel il accorde à Zaïre le délai
qu'elle sollicite, n'est point une ligne de prose. Il exprime
convenablement toute la condescendance d'Orosmane pour
sa maîtresse. Il est suivi de celui-ci :

J'y consens ; il en coûte à mes sens désolés.

Lorsqu'un bourgeois de la rue St-Denis cède aux importunités de sa femme, il ne lui parle pas sur ce ton dramatique, à moins qu'il ne veuille jouer une farce, ou
se faire moquer de lui.

Dans *Iphigénie en Aulide*, Achille marque son éton-
nement à Agamemnon, du bruit qui s'est répandu du
sacrifice prochain d'Iphigénie. Agamemnon refuse de s'ex-
pliquer. Achille lui dit :

Ah ! je sais trop le sort que vous lui réservez !

Agamemnon lui répond :

Pourquoi le demander, puisque vous le savez ?

Si ce dernier vers, dépouillé de tout prestige poétique, et
cependant si beau dans sa simplicité, vous était lu séparé
de ceux qui l'amènent si naturellement que tout le monde
croit l'avoir fait, ne seriez-vous pas tenté de le regarder
comme une ligne de prose commune qui met à la place
du roi des rois un Sganarelle de mauvaise humeur qui
répond à son domestique ?

Convenez-en, Monsieur, *on pourrait de cette manière
défigurer et mutiler les plus beaux morceaux des poëtes.*
C'est ce que j'ai dit textuellement page 90 de ma Traduction de Théocrite, au sujet de la parodie que Fontenelle
a faite d'un passage de la 4.ᵉ idylle de ce poëte, pour le
ridiculiser.

D'après mes propres principes, la comparaison que j'ai
faite d'Orosmane avec un bourgeois de la rue St-Denis,

est donc une seconde platitude, qui vaut pour le moins ma comparaison de la reine de Babylone avec la fille d'un agioteur.

F. du 27 Thermidor an 10, j'ai dit qu'avant M.lle Duchesnois, on ne plaignait pas la passion de Phèdre ; qu'on était même scandalisé qu'à son âge elle fût amoureuse de son beau-fils ; qu'on s'attendrissait seulement sur l'embarras d'un jeune homme sage et modeste, tel qu'Hippolyte, serré de si près *par une maman trop gaillarde.*

Je vous plains, Monsieur, si vous voyez *dans cette maman trop gaillarde*, autre chose qu'une détestable plaisanterie de collége.

> Ne forçons point notre talent ;
> Nous ne ferions rien avec grâce :
> Jamais un lourdaud, quoiqu'il fasse,
> Ne saurait passer pour galant.

Soyez bien persuadé, Monsieur, que, sans notre gageure, je n'aurais jamais oublié cette moralité du *bonhomme.*

Après les platitudes, se présentent naturellement les inepties.

1.ere *Ineptie.* « Le zèle de Nérestan pour sa religion » (Voy. mon F. du 5 Ventôse an 10), me paraît, en certains » endroits, *un fanatisme abominable*, et j'avoue que je » ne puis entendre sans horreur et sans dégoût (1), ces vers » *pleins de la plus absurde et de la plus atroce barbarie:*

> » Si la loi de mon Dieu, que tu ne connais pas,
> » Si ma religion ne retenait mon bras,
> » J'irais dans ce palais, j'irais au moment même,
> » Immoler de ce fer un barbare qui t'aime,
> » De son indigne flanc le plonger dans le tien,
> » Et ne l'en retirer que pour percer le mien.

» Et c'est l'homme, ai-je ajouté, qui toute sa vie a dé-» clamé à tort et à travers contre le fanatisme, qui a » prêté ce langage de *cannibale* à ses héros ! »

Il me semble, Monsieur, que l'absurdité de toutes ces réflexions saute aux yeux. De ce que Voltaire a écrit contre le fanatisme, et est heureusement parvenu à le rendre détestable, s'ensuit-il donc qu'il n'ait pas dû peindre comme des fanatiques, ceux des personnages de ses pièces qui

---

(1) La gradation du style eût exigé que je disse *sans dé-goût et sans horreur ;* mais je vous fais grâce de ces peccadilles.

l'ont été ou qui ont dû l'être, eu égard au tems où il les fait vivre? L'observation des caractères bons ou mauvais, n'est-elle pas une des lois que le poëte tragique ne peut enfreindre? et pourrait-on dire à un écrivain qui aurait frondé la tyrannie, et qui ensuite travaillerait pour le théâtre, qu'il doit y représenter, Néron comme le plus débonnaire des monarques?

Pour vous convaincre par une comparaison prise dans un ordre plus commun, mais qui n'en est pas moins juste : si quelqu'un qui aurait fortement improuvé mes contradictions et mes absurdités littéraires, trouvait mon caractère théâtral, et s'avisait de m'exposer sérieusement en plein théâtre à la risée publique, ne serait-il pas tenu de me jouer tel que je suis d'après mes feuilles? Et que penseriez-vous, Monsieur, d'un journaliste qui reprendrait l'auteur de m'avoir représenté *absurde*, et qui fonderait sa critique sur ce que cet auteur se serait constamment élevé contre mes absurdités? L'auteur ne serait-il pas fondé à lui répondre : « Eh ! c'est précisément parce que j'ai
» écrit contre ses absurdités, que je les ai jouées sur la
» scène. Je voulais les rendre encore plus frappantes,
» en les mettant sous les yeux mêmes des spectateurs :
» il n'y a pas là d'inconséquence. » Ainsi Voltaire a pu écrire contre le fanatisme et mettre des fanatiques dans ses tragédies, sans qu'il y ait aucune contradiction à lui reprocher.

« Le poëte ne nous doit la vérité absolue, dit Marmon-
» tel dans ses Elémens de Littérature, aux mots *Vérité*
» *relative*, que lorsqu'il parle lui-même, ou qu'il donne
» celui qui parle pour un homme sage, éclairé, vertueux,
» comme Burrhus, Alvarez, Zopire. Dans tout le reste, il
» ne répond que de la vérité relative, et il est absurde de
» lui faire un crime de la scélératesse d'Atrée, de Nar-
» cisse ou de Mahomet. C'est pourtant là, continue Mar-
» montel, *ce que ne manquent jamais de faire* LES CAGOTS,
» les délateurs, LES CALOMNIATEURS DES TALENS, et sur-tout
» cette foule d'écrivains *faméliques*, PLUS IMPUDENS, PLUS
» MÉPRISABLES, *plus multipliés que jamais.* »

A quelles citations désagréables vous me réduisez, Monsieur ! En voici qui sont moins amères.

« Nérestan, dit Palissot dans ses Remarques sur Zaïre,
» est bien chrétien, bien fanatique; mais il est *ce qu'il*
» *doit être* : il parle en soldat des croisades, *et selon l'es-*
» *prit du tems.* »

« Certainement, dit Laharpe dans son Cours de Litté-
» rature, t. 9, pag. 193 et 194, il y a de l'excès dans le

zèle de Nérestan , si on ne le juge que suivant la droite
» raison ; mais c'est la raison relative qui est celle du drame,
» et quand nous le jugeons, c'est la raison propre à chaque
» personnage qui doit devenir la nôtre. . . . . . . Ainsi ce
» qu'il y a de trop violent dans le transport de Nérestan,
» ne va qu'à faire sentir au spectateur combien , aux yeux
» d'un chrétien, d'un chevalier, d'un croisé, c'était une
» chose horrible que le mariage d'une chrétienne avec un
» infidelle. . . . *Le poëte a donc* DOUBLEMENT *raison : d'a-*
» *bord en ce qu'il peint* FIDELLEMENT *les mœurs ; ensuite*
» *en ce qu'il nous donne une plus forte idée des devoirs*
» *que la religion impose à Zaïre.* »

Si ces autorités ne vous suffisent pas, Monsieur , pre-
nez le chef-d'œuvre de la scène française , et lisez-y ces
vers que le grand-prêtre Joad, scène 3 du 4.ᵉ acte, adresse
aux lévites :

> Dans l'infidelle sang baignez-vous à loisir ;
> Frappez et Tyriens et même Israélites.
> Ne descendez-vous pas de ces fameux lévites
> Qui, lorsqu'au Dieu du Nil le volage Israël
> Rendit, dans le désert, un culte criminel,
> De leurs plus chers parens saintement homicides ,
> Consacrèrent leurs mains dans le sang des perfides ,
> Et, par ce noble exploit, vous acquirent l'honneur
> D'être seuls employés aux autels du Seigneur ?

Voilà un homme bien autrement cannibale que Nérestan ;
car personne ne craint que ce brave chevalier tue sa sœur ;
il ne l'en menace même que par hypothèse : *Si la loi de*
mon Dieu , dit il , *si ma religion ne retenait mon bras ;*
et il ne parle d'ailleurs que dans un premier transport, _
sur les suites duquel sa générosité , bien connue, rassure
suffisamment les spectateurs.

Au contraire, Joad y va tout de bon ; ce ministre des
autels, qui est le sage de la pièce, excite sérieusement ses
lévites au meurtre : *Baignez-vous à loisir dans le sang* ,
leur dit-il ; et, de plus, ces expressions , *saintement ho-*
micides de leurs plus chers parens ; ces mains consacrées
dans le sang ; l'homicide présenté comme UN NOBLE EX-
PLOIT, qui a acquis aux lévites *l'honneur* d'être seuls em-
ployés aux autels du Seigneur : tout cela n'est pas équi-
voque. Cependant celui qui s'aviserait de dire que Racine
prête ici au grand-prêtre de sa pièce un langage de *canni-*
bale et plein de la plus atroce barbarie.. ne serait-il pas,
à l'instant même, couvert des huées de tout ce qu'il y a
d'instruit dans la littérature ? et ne lui répondrait-on pas,

si toutefois on daignait lui répondre, que Racine a dû conserver à Joad le caractère qui lui est attribué dans l'Ecriture sainte, dont sa tragédie est tirée ?

Je n'ai donc pu, sans une ineptie absolue, reprocher à Voltaire d'avoir prêté un langage de fanatique à un personnage qu'il fait vivre du tems des croisades, et qu'il nous donne comme en ayant été l'un des principaux héros.

Si Voltaire eût fait de Nérestan un homme tolérant et indifférent sur la religion de sa sœur, je me serais bien gardé d'en faire la remarque, parce qu'alors j'eusse dit une chose raisonnable ; mais il me fallait une ineptie, et, sans vanité, je crois pouvoir me flatter de l'avoir trouvée.

2.ᵉ *Ineptie*. « Rien ne fait jamais au théâtre un plus
» grand effet, a dit un auteur célèbre, qui a joint la pra-
» tique à la théorie, que des personnages qui renferment
» d'abord leur douleur dans le fond de leur ame, et qui
» laissent ensuite éclater tous les sentimens qui les dé-
» chirent. »

Et cette opinion se trouve confirmée par une expérience journalière, notamment dans les rôles d'Hermione, de Phèdre et de Clytemnestre d'*Iphigénie en Aulide*. Aussi, lorsqu'après avoir lu la lettre fatale adressée à Zaïre par Nérestan, Orosmane reste d'abord immobile de stupeur, et qu'ensuite, pour emprunter les expressions de Laharpe, il sort de cet état de mort par un éclat pareil à celui de la foudre :

> Cours chez elle à l'instant ; va, vole, Corasmin ;
> Montre-lui cet écrit ; qu'elle tremble ; et soudain
> De cent coups de poignard que l'infidelle meure.
> Mais, avant de frapper... ah ! cher ami, demeure ;
> Demeure, il n'est pas tems... Je veux que ce chrétien
> Devant elle amené.... Non, je ne veux plus rien :
> Je me meurs, je succombe à l'excès de ma rage.

il produit toujours la plus vive impression, quand l'acteur qui joue ce rôle est digne de le représenter.

« Je ne me rappelle aucune scène, dit Laharpe, p. 227
» du t. 9 de son Cours de Littérature, où l'on ait peint avec
» une si frappante énergie ces combats tumultueux d'un
» cœur outragé qui crie vengeance, et qui n'a pas la force
» de l'achever ; ce désordre d'idées et de sentimens, ce
» bouleversement de l'ame auquel elle ne peut résister
» long-tems, et qui bientôt l'accable et l'abat sous ses
» propres forces ; ce mot, sur-tout, *non, je ne veux plus
» rien*, est le sublime du désespoir. »

Eh bien ! Monsieur, j'ai dit, F. du 2 Fructidor an 10, que ce n'était là qu'*un accès de rage* si violent et si imprévu, qu'on etait tenté *d'en rire*, et que cela ressemblait *à une attaque d'épilepsie.*

Vous alléguez, pour vous dissimuler votre défaite, que cette absurdité ne vous paraît pas tout-à-fait dénuée de justesse et de raison ; mais, Monsieur, il me semble que nous n'avons pas gagé que vous n'auriez pas le sens commun.

3.ᵉ *Ineptie.* F. du 16 Vendémiaire an 11, j'ai demandé comment les chrétiens dont Orosmane accordait la liberté à Zaïre, pouvaient se trouver, au sortir de prison, dans le palais du soudan ; puis, je me suis écrié : « A-t-on » jamais vu les prisonniers de la Conciergerie, lorsqu'ils » étaient élargis, venir s'établir et converser dans le cabinet » du premier président ? »

Si jadis un écolier eût osé proposer à son professeur des observations aussi déraisonnables, des férules bien appliquées, ou au moins un fort pinson, l'eussent à l'instant puni de son extravagance.

Qu'y-a-t-il d'étonnant en effet, que des captifs auxquels Zaïre prend un intérêt d'autant plus vif, qu'elle est comme eux française d'origine, et qu'elle a passé son enfance dans les mêmes fers que Nérestan ; qu'y-a-t-il d'étonnant, dis-je, que ces captifs dont elle vient de demander et d'obtenir la délivrance, soient reçus, avant leur départ pour la France, dans le palais même qu'elle habite ? et en quoi ces captifs, qui sont des prisonniers de guerre, et dont l'un (Lusignan) est même un prisonnier d'état, attendu son droit au trône de Jérusalem (1), peuvent-ils être comparés à des particuliers emprisonnés à la Conciergerie, comme prévenus de vol ou d'assassinat ? Sans doute de tels prisonniers, quand on les élargissait, n'allaient pas ordinairement s'établir et converser dans le cabinet de M. d'Ormesson ou de M. d'Aligre ; mais jamais rien ne s'est opposé à ce que des officiers ennemis, échangés ou renvoyés sur parole, se présentassent à la cour avant de retourner dans leur patrie, sur-tout si, comme dans *Zaïre*, le lieu de leur détention était le lieu même où séjournait le monarque ; sur-tout en-

____

(1) « On sait son droit au trône, et ce droit est un crime. » dit Orosmane, scène 4 du 1.ᵉʳ acte de *Zaïre*, en parlant de Lusignan.

core si, comme dans *Zaïre*, l'amante du monarque avait concouru au bienfait de leur liberté.

Ah! Monsieur, quel rôle vous me faites jouer par votre obstination! vous me forcez, pour la vaincre, à vous démontrer publiquement que je n'ai été qu'un sot, ce qui vous a sans doute paru très-piquant; peut-être même avez-vous calculé d'avance que je n'oserais jamais entreprendre une si singulière démonstration : faux calcul, qui prouve que vous ne m'avez pas bien approfondi, et qu'à mon égard vous n'en êtes pas même aux premiers élémens de l'arithmétique : *Illi robur et æs triplex.*

4.ᵉ *Ineptie.* « A entendre Sémiramis (voy. mon F. du 12 » Thermidor an 10) elle est maîtresse du monde, toute » la terre est à ses pieds. Cette Sémiramis *ne savait pas* » *la Géographie.* »

Il est vrai qu'entr'autres vers, on trouve dans le rôle de cette princesse les deux vers suivans :

« Je l'épouse, et pour dot je lui donne *le monde.* »
« Je fais le bien *du monde,* en nommant un époux. »

Mais n'est-ce pas une inexcusable balourdise, d'avoir prétendu que ce langage de la reine de Babylone, prouvait qu'elle, ou plutôt que Voltaire ne savait pas la Géographie? Il n'y a pas de commençant qui ignore que ces expressions, maître *de la terre,* maître *de l'univers,* maître *du monde,* ne s'entendent jamais, sur-tout en poësie, dans leur acception stricte et rigoureuse, et que si l'enthousiasme des écrivains leur donne quelquefois trop d'extension, la froide raison les réduit toujours à leur juste valeur.

Octave-Auguste n'a jamais été maître ni de l'Europe entière, ni de l'Asie entière, ni de l'Afrique entière, ni de l'Amérique, qui n'était pas encore découverte de son tems, et pourtant Corneille lui fait dire dans *Cinna :*

Je suis maître de moi, comme *de l'univers.*

Boileau, lui-même, le sévère Boileau, n'a-t-il pas dit, dans sa 8.ᵉ Satire, qu'Alexandre

Maître *du monde* ENTIER s'y trouvait trop serré,

et qu'il alla

De sa vaste folie emplir TOUTE *la terre,*

quoiqu'Alexandre n'ait jamais été maître du monde *entier,* et quoiqu'il n'ait jamais porté la guerre dans *toutes* les parties du globe alors connu?

2

Dans la *Bérénice* de Racine, Titus dit à Antiochus :

Plaignez ma grandeur importune;
Maître *de l'univers*, je règle sa fortune.

Burrhus dit à Agrippine, en lui parlant de Néron :

Ce n'est plus votre fils, c'est le maître *du Monde.*

Mithridate, lorsqu'il propose à ses deux fils de marcher à Rome, leur dit :

Marchons, et dans son sein rejetons cette guerre
Que sa fureur envoie AUX DEUX BOUTS *de la Terre.*

Or, ni Titus ni Néron n'ont été les maîtres *de l'Univers* ou *du Monde*, dans l'acception étroite de ces expressions, et jamais, géographiquement parlant, les Romains n'ont envoyé la guerre *aux deux bouts de la Terre.*

Cependant si quelqu'un venait vous dire que ni Corneille, ni Boileau, ni Racine, ne savaient la Géographie, et qu'il vous en donnât pour preuve les vers que je viens de vous rapporter, ne lui ririez-vous pas au nez? ne le regarderiez-vous pas comme un homme de mauvaise foi, ou au moins comme un sot? Pourquoi donc me refusez-vous la justice que vous ne refuseriez pas même à un étranger? Quoi qu'il en soit, je serai plus loyal que vous, Monsieur, et pour vous le prouver, je consignerai ici un aveu dont je pourrais me dispenser, si j'étais moins scrupuleux.

Lorsque j'ai accusé Voltaire d'avoir été un mauvais géographe dans *Sémiramis*, je confesse que je ne l'ai pas fait *à dessein* : cette bêtise m'est échappée tout naturellement et sans y songer; mais puisque je la trouve en mon chemin, ma foi, Monsieur, je m'en empare. Au bout du compte, n'est-ce pas ma chose? et n'ai-je pas le droit de revendiquer mon bien par tout où je le trouve?

5.ᵉ *Ineptie.* Tout le monde connaît la belle scène de la double confidence dans l'*OEdipe* de Voltaire, scène imitée de Sophocle, et qui fit, dans la nouveauté, la fortune de la pièce.

Je n'en ai pas moins prétendu, F. du 23 Prairial an 10, qu'elle n'était qu'un tissu de lieux communs ambitieux, et de tirades brillantes appliquées par Voltaire, comme une broderie de clinquant, sur le riche fond de Sophocle.

« Est-ce là, me suis-je écrié magistralement, est-ce là
» le moment de faire un ridicule étalage des couleurs de
» la poësie? Que dirait-on d'un homme qui, rentrant chez
» lui tout en désordre, poursuivi par des brigands, s'amu-

» serait à raconter à sa femme, *dans le style le plus épique*
» *et le plus fleuri*, tous les détails les plus minutieux
» de cette cruelle aventure, etc. ? »

D'abord, notez que la situation d'OEdipe dans la tragédie de Voltaire, n'a rien de commun avec celle d'un
homme qui rentre chez lui en désordre, poursuivi par
des brigands.

Ensuite vous connaissez le magnifique récit de la mort
d'Hippolyte. Eh bien ! Monsieur, ce récit admirable va
vous paraître absurde, en lui appliquant la même critique
qu'à la scène de la double confidence.

« Est-ce là le moment (c'est à Racine que je m'adresse)
» de faire un ridicule étalage des couleurs de la poësie ?
» Que dire de ce Théramène qui, abordant tout en dé-
» sordre le malheureux père d'Hippolyte, s'amuse à ra-
» conter, *dans le style le plus épique et le plus fleuri*, à
» ce père désolé, tous les détails les plus minutieux de la
» cruelle catastrophe par laquelle son fils innocent vient
» de perdre la vie ; qui, dans un moment aussi terrible,
» s'amuse à lui décrire jusqu'*à l'air morne* des chevaux
» d'Hippolyte, jusqu'*aux cornes*, jusqu'*à la croupe*, jus-
» qu'*à la couleur* des écailles du monstre que Neptune a
» vomi pour donner la mort à l'infortuné fils d'Antiope, etc. ?»

Vous le voyez, Monsieur, en employant contre Racine
la même tactique que contre Voltaire, il me serait facile
de pousser le sacrilége jusqu'à travestir ce poëte divin
en rimeur plus ridicule encore que Pradon.

Mais voulez-vous que je mette mon impertinence plus
à découvert encore ? Lisez ce que Palissot et Laharpe
pensent l'un et l'autre de cette scène d'*OEdipe* que j'ai si
ridiculement improuvée.

« Cet acte entier, dit Palissot dans ses Remarques sur
» le 4.ᵉ acte d'*OEdipe*, où se trouve la double confidence,
» est *de la plus grande beauté*. Il justifierait seul ce que
» la Motte eut l'honneur de dire le premier, que Cor-
» neille et Racine avait trouvé *un successeur*. Il était
» aisé de prévoir, dit encore Palissot dans une autre Re-
» marque sur le même acte, que le jeune homme capable
» d'écrire ainsi, *deviendrait l'honneur de la France*. »

« Les deux derniers actes d'*OEdipe*, dit Laharpe, p. 18
» du tom. 9 de son Cours de Littérature, *sont* UN CHEF-
» D'OEUVRE *pour les connaisseurs*. »

Je ne sais, Monsieur, si je ne me trompe ; mais je
crois que je viens de vous donner le coup de grâce.

6.ᵉ *Ineptie*. F. du 29 Messidor an 10, j'ai dit que ces
vers de Mérope,

> Quand on a tout perdu, quand on n'a plus d'espoir,
> La vie est un opprobre, et la mort un devoir,

érigeaient le suicide en devoir : mais Racine n'a-t-il pas
mis dans la bouche de Phèdre ces vers si connus ?

> Mourons ; de tant d'horreurs qu'un trépas me délivre :
> Est-ce un malheur si grand que de cesser de vivre?
> La mort aux malheureux ne cause point d'effroi.

Et qui jamais s'est avisé d'écrire que Racine avait prêché
le suicide, pour avoir fait ces vers ? D'un autre côté, Ata-
lide ne se tue-t-elle pas dans *Bajazet?* Hermione ne se
poignarde-t-elle pas dans *Andromaque?* Andromaque
elle-même, la timide Andromaque, ne prend-elle pas
l'héroïque résolution d'aller rejoindre son Hector, aussitôt
qu'elle aura épousé Pyrrhus? Phèdre ne vient-elle pas expirer en plein théâtre, déchirée par le poison qu'elle a fait
couler dans ses veines? Or, a-t-on jamais repris Racine
de tous ces suicides qu'il a mis sous les yeux des spectateurs, et qui sont bien plus propres à leur apprendre comment on peut se débarrasser de la vie, quand elle n'est
plus supportable, que deux vers isolés prononcés par une
mère au désespoir, mais qui ne se poignarde, ni ne s'em-
poisonne, et qui, au contraire, finit par triompher de son
exécrable oppresseur?

On se demandera peut-être comment j'ai pu me résoudre
à outrager si ouvertement la raison : eh! Messieurs, je ne
vois pas pourquoi j'aurais hésité à être sot pour de l'argent ; il y en a tant qui le sont pour rien !

7.ᵉ *Ineptie*. « Assur est un scélérat que Sémiramis mé-
» prise (je copie le F. du 20 Thermidor an 10); mais
» elle se croit forcée de le ménager : c'est Voltaire qui dit
» cela. Rien n'était plus aisé à Sémiramis que de *se défaire*
» d'un complice odieux ; *la politique lui en faisait* UN
» DEVOIR. »

Or, remarquez que, dans la première scène où Sémiramis paraît, elle s'exprime ainsi, en parlant d'Assur :

> « Je voudrais... mais faut-il, dans l'état qui m'opprime,
> » Par un crime *nouveau*, punir sur lui mon crime ? »

Mais le roi du Feuilleton, moins timide que la reine de
Babylone, la trouverait bien plus majestueuse, bien plus

digne du trône, si elle s'était souillée de ce nouvel assassinat.

Tout-à-l'heure il blâmait à faux deux vers qui lui paraissaient ériger le suicide en devoir ; mais quand il s'agit de meurtres politiques, oh ! alors il est moins difficile, sa morale se radoucit, et les assassinats deviennent un devoir à ses yeux. Vous ne nierez pas, je pense, qu'ici le machiavélisme le plus atroce est joint à l'absurdité la plus inouïe, et que le *cannibale* Nérestan n'est qu'un petit garçon auprès de moi.

8.ᵉ *Ineptie.* Dans un monologue qui termine le 4.ᵉ acte de *Tancrède*, monologue que Palissot, dans ses Remarques sur cette pièce, trouve avec raison *plein de chaleur*, Aménaïde, au désespoir de ce que Tancrède, qui la croit infidelle, sort de Syracuse sans être détrompé, pour aller livrer bataille aux Sarrazins, s'écrie :

« Oui, je veux à tes yeux combattre et t'imiter,
» Des traits sur toi lancés affronter la tempête,
» En recevoir les coups...., en garantir ta tête,
» Te rendre à tes côtés tout ce que je te doi,
» Punir ton injustice en expirant pour toi, etc. »

« Quoi que cette résolution d'Aménaïde ait d'extraor-
» dinaire, dit Laharpe, p. 381 du t. 10 de son Cours de
» Littérature, l'excès de désolation où elle est plongée,
» l'emportement de ses douleurs, le feu de ses discours,
» qui est à la fois celui de la passion et de la verve tra-
» gique, justifient tout, rendent tout vraisemblable, in-
» téressant et pathétique. »

Laharpe aurait encore pu ajouter que, dès la scène 1.ᵉʳᵉ du 2.ᵉ acte, le spectateur est instruit que la mère d'Aménaïde, avant de mourir, l'a secrètement unie à Tancrède, et qu'ainsi les convenances morales ne peuvent être blessées de ce que, dans cette position, une amante emportée par le délire de l'amour, veut aller au milieu des bataillons ennemis défendre les jours du héros qu'elle adore, ou périr à ses côtés. Enfin, quand la froide raison n'avouerait pas la résolution de cette infortunée, apprenez par mon F. (celui du 1.ᵉʳ de ce mois) qu'*on n'exige pas qu'un personnage tragique agité d'une grande passion, ne dise et ne fasse que* DES CHOSES RAISONNABLES, *parce que ce serait exiger qu'il fût* SANS PASSION.

Cependant, Monsieur, j'ai prétendu (F. du 20 Germ. an 10) qu'Aménaïde était *une méchante fille qui voulait courir les champs,* et *une* VIRAGO *militaire qui aimait un peu trop* LES CORPS-DE-GARDE.

Dans Euripide, Phèdre s'écrie : « Diane, qui présides
» aux lieux sacrés où la jeunesse vient s'exercer *au ma-*
» *nége*, que ne suis-je occupée *comme elle* A DOMPTER DES
» CHEVAUX ! »

Dans Racine, elle désire, *au travers d'une noble*
poussière,

Suivre de l'œil un char fuyant dans la carrière.

Or, Monsieur, si l'on pouvait dire qu'Aménaïde est une
virago qui aime un peu trop *les corps-de-garde*, parce
qu'elle veut aller sur le champ de bataille défendre les
jours du héros que sa mère lui a permis d'aimer, il
faudrait dire, par la même raison, qu'Euripide et Racine
ont fait de leur *Phèdre* (bien moins excusable aux yeux
des moralistes que la malheureuse Aménaïde, puisque son
amour ne tend à rien moins qu'à un adultère et à un in-
ceste), qu'ils ont fait, dis-je, de leur *Phèdre*, une femme
qui aime un peu trop *les cochers, les chevaux, les pal-*
freniers, le manége et les écuries.

Telle serait la conséquence nécessaire de ma critique
du caractère d'Aménaïde, si elle était juste. Et vous sou-
tenez obstinément que j'ai perdu la gageure : avouez du
moins, Monsieur, qu'il serait extrêmement piquant pour
moi de perdre à si beau jeu.

Impudences. F. du 25 Brumaire an 10 : « Aucun des
» adorateurs de Voltaire *ne l'a plus loué* QUE MOI. »
F. du 20 Pluviôse suivant : « Les brigands révolution-
» naires étaient particulièrement imbus de la morale et
» des maximes de Voltaire ; *c'était leur chef, leur*
» *apôtre,* etc. »
Mais ce n'est là qu'une impudence simple ; en voici
une qui est double.
Les critiques que j'ai faites des tragédies de Voltaire,
avaient, dès l'an passé, soulevé contre moi tous les gens
raisonnables ; voici ce que j'ai imprimé à ce sujet, F. du
22 Ventôse an 10 :
« Je n'ai jamais dit que les pièces de Voltaire restées
» au théâtre fussent de *mauvaises* tragédies ; c'est une
» absurdité qu'on m'a prêtée gratuitement ; et s'il faut
» ici fermer la bouche *aux imposteurs,* par une profession
» de foi bien nette, je déclare que je mets au rang des
» meilleurs ouvrages composés depuis Racine, *Zaïre,*
» *Alzire,* etc. » (Voy. la 1.ᵉʳᵉ *Contradiction,* pag. 2,
ci-dessus, lig. 32.)
Et pourtant, F. du 3.ᵉ jour complémentaire an 9, j'a-

vais imprimé que *les ébauches* de Voltaire (je n'avais pas même daigné dire ses tragédies,) avaient grand besoin de la perspective de la scène ; que, pour peu qu'on s'en approchât, les touches en paraissaient GROSSIÈRES ET HEUR-TÉES ...... ; qu'après avoir inutilement essayé la manière de Corneille et de Racine, Voltaire voyant que la raison ne lui réussissait pas, alla faire à Londres *un cours de folie* ; que c'est là qu'il découvrit une mine *de clinquant et d'oripeau tragique* ;...... que ce qu'on appelle dans Voltaire des effets, ne consiste ordinairement que dans des surprises dont *la raison s'indigne*, et que *l'art con-damne.*

De plus, F. du 20 Pluviôse an 10, j'avais dit que la tra-gédie de *Mahomet* n'était plus qu'*ennuyeuse.*

J'avais encore dit, F. du 5 Ventôse suivant, dix-sept jours seulement avant le démenti que je donne *aux impos-teurs,* dans le F. du 22, que l'illustre Orosmane était attaqué de certains accès d'*épilepsie*....; qu'il avait *la fièvre chaude et le transport au cerveau* ......; que de tous les princes amoureux qu'on avait jamais mis sur la scène, il était *le plus physiquement fou,......* ; que je ne pouvais entendre *sans horreur et sans dégoût* les sentimens de *cannibale,* de Nérestan envers Zaïre .....; que, dans les personnages des tragédies de Voltaire, tout était *fureur, délire, vain fra-cas* ; qu'en les mettant sur la scène, *il avait fait abstrac-tion totale de la poitrine des acteurs.*

Et dans le F. du 22 Ventôse même, où *je ferme la bouche aux imposteurs,* j'ai avancé que, de toutes les tragédies de Voltaire, je n'en connaissais pas dont la con-texture fût *plus malheureuse et choquât plus ouvertement la raison* que celle de sa tragédie d'*Alzire.*

Or, il me semble qu'il y a dans tout cela, Monsieur, une double impudence bien caractérisée.

La première, c'est d'avoir soutenu audacieusement que je n'avais pas dit que les pièces de Voltaire restées au théâtre, fussent *mauvaises,* quoique je l'eusse dit, au contraire, dans les termes les plus amers.

La seconde, bien plus forte encore, c'est d'avoir osé traiter d'*imposteurs* ceux qui me reprochaient d'avoir dit ce qu'effectivement j'avais dit.

Je sais que vous avez eu la mal-honnêteté de déclarer que jamais vous ne passeriez condamnation sur cet article, parce que, dites-vous, quand j'ai parié que je serais impu-dent, j'ai parié à coup sûr. Vous sentez d'avance que je ne répondrai pas à cette grossièreté méprisable.

Mensonge et lâcheté. Lorsque j'ai rendu compte du début de M.me Xavier dans *Sémiramis* (Voy. F. du 15 Fructidor an 10), j'ai dit qu'elle avait été brusque, gauche et *ignoble* ; j'ai répété cette dernière et outrageante expression dans le F. du 17 du même mois, où il est question de son premier début dans *Hermione :* or, pouvez-vous me nier que l'épithète d'*ignoble* appliquée *à une femme*, et à une femme qui est au surplus fort belle, et qui a un physique très-noble et très-majestueux, ne soit un vil mensonge et une *ignoble* lâcheté ? Il y a plus ; montrez-moi une feuille où jamais un journaliste se soit avili jusqu'à s'exprimer aussi rustiquement sur le compte d'une débutante, si mauvaise qu'elle fût d'ailleurs.

Il est vrai que j'avais à me venger de Dugazon, dont M.me Xavier est l'élève ; car ce Dugazon m'avait décoché une épigramme en plein théâtre, dans le fameux monologue du *Mariage de Figaro.* (V. F. du 27 Prair. an 10.)

Mais n'est-ce pas une lâcheté de plus, de m'être vengé sur une femme sans défense, d'une épigramme à laquelle elle n'avait point participé, et qui, au reste, n'était, de la part de Dugazon, qu'une faible représaille ? Qui sait même si les outrages dont j'ai couvert cette débutante dans mes Feuilletons, n'ont pas été les précurseurs de ceux qu'elle a ensuite essuyés de la part de quelques poliçons du parterre ? Je m'en rapporte à tous les gens honnêtes et impartiaux ; et, tenez, Monsieur, les entendez-vous qui vous crient : il a gagné ? Son mensonge et sa lâcheté sont clairs comme le jour : il a gagné ; payez-le. Eh bien ! Monsieur, payez-moi donc.

Traits de mauvaise foi. F. du 23 Prairial an 10, j'ai reproché mal - honnêtement à Laharpe d'avoir affirmé, *avec une légéreté peu digne d'un littérateur*, que l'*OEdipe* de Voltaire était *supérieur* à celui de Sophocle.

Or, Laharpe a simplement dit, sans se permettre le ton de l'affirmation (p. 2 du t. 9 de son Cours de Littérature), que Voltaire avait balancé dans *OEdipe* un chef-d'œuvre de Sophocle, et l'avait surpassé même *en quelques parties* ; et à cet égard, Laharpe n'a fait que confirmer l'opinion de Rousseau le lyrique, qui avait écrit, après avoir lu l'*OEdipe* de Voltaire, que le Français de 24 ans l'avait emporté, *en plus d'un endroit*, sur le Grec de 80.

D'un autre côté, Laharpe blâme très-justement Voltaire d'avoir parlé de Sophocle avec peu de respect, dans sa Préface d'*OEdipe* ; mais en rappelant cette étourderie échappée à un jeune poëte de 24 ans, Laharpe n'oublie pas de dire (pag. 8 du t. 9 de son Cours de Littérature, et en cela il a rempli le devoir d'un littérateur impartial), que 26 ans après, dans l'Epître dédicatoire d'*Oreste*, adressée à M.me la Duchesse du Maine, Voltaire a fait réparation à Sophocle avec une franchise courageuse : « Un si frap- » pant contraste, observe Laharpe, peut apprendre aux » jeunes gens à se défier un peu de leurs opinions, quand » un homme tel que Voltaire, est revenu si formellement » à 50 ans, de celles qu'il avait à 24. »

Or, F. du 9 Thermidor an 10, je me suis rué avec lourde roideur sur Voltaire, relativement à son irrévérence envers Sophocle ; mais je me suis bien gardé d'imiter La-harpe, et de parler de la réparation qu'il lui avait faite dans un âge plus avancé.

Je me suis encore bien plus gardé d'observer que le jeune Voltaire avait pu être entraîné par l'exemple de Cré-billon, qui régnait alors sur la scène tragique, et qui, dix ans auparavant, dans la Préface de son *Electre*, jouée en 1708 (1), avait parlé de Sophocle avec une irrévérence bien plus inexcusable, puisqu'il était alors dans sa 34.ᵉ année.

« Si j'avais quelque chose à imiter de Sophocle, dit » Crébillon dans cette Préface, ce ne serait assurément » pas son *Electre* : aux beautés près, desquelles je ne » fais aucune comparaison, il y a peut-être dans sa pièce » *bien autant de défauts* que dans la mienne.... Electre » a, dans Sophocle, *plus de férocité* que de véritable » grandeur.... J'AI MIEUX RÉUSSI à rendre Electre à plaindre, » que Sophocle, Euripide, Eschyle, et *tous ceux* qui ont » traité le même sujet. »

Crébillon n'a jamais rétracté ces impertinences, et je ne les ai jamais remarquées dans mes feuilles. Voltaire a fini par reconnaître ses torts envers Sophocle, et je les lui ai reprochés brutalement, en cachant à mes lecteurs qu'il les avait réparés.

Et vous ne voulez pas reconnaître à ces traits la mauvaise foi la plus grossière ! Ah ! Monsieur, quelle mauvaise foi de me contester ainsi ma mauvaise foi !

Orgueil et suffisance. F. du 14 Fructidor an 9 : « Je me » flatte, j'espère, que ce Journal (celui dont je rédige le » F.) sera, *pour la* POSTÉRITÉ, un monument *très-curieux* » de l'histoire littéraire, morale et politique de notre tems. »

Admirez, Monsieur, la modestie d'un feuilliste assez ingénu pour annoncer ainsi à ses abonnés qu'il part 565

---

(1) *L'OEdipe* de Voltaire l'a été en 1718.

fois par an pour la postérité ; et souhaitez-lui un bon voyage . et, de plus, rappelez-vous ces vers du 6.ᵉ chant de la *Pucelle* :

> Tous ces marchands d'opprobre et de fumée
> Osent pourtant chercher la renommée.

« La *Sémiramis* de Voltaire, dit Palissot dans la Pré-
» face qu'il a mise en tête de cette tragédie, n'eût-elle
» que le mérite du style, subsistera tant que la belle poësie
» conservera des amateurs. »

« Si de grands défauts, dit Laharpe, pag. 114 du t. 10
» de son Cours de Littérature, ne permettent pas que la
» *Sémiramis* de Voltaire ait sa place parmi les pièces du
» premier ordre, ses beautés poëtiques et théâtrales la
» rangent au moins parmi les premières du second. »

Quand les vétérans de la littérature ont prononcé d'une manière aussi formelle, il semblerait qu'un feuilliste, s'il a un avis contraire, devrait le proposer avec une extrême cir-conspection ; et pourtant, F. du 27 Thermidor an 10, j'ai assuré, avec cette suffisance qui me distingue de tous mes confrères, que *Sémiramis n'avait plus qu'un souffle de réputation.*

F. du 1.ᵉʳ Fructidor an 10, je dis que je suis arrivé trop tard pour voir M.lle Duchesnois dans *Hermione* ; que l'audience était pleine, et que LE JUGE (moi) *est resté à la porte.*

De sorte que le parterre et les loges, les gens de lettres et mes confrères les journalistes, devaient, avant d'avoir une opinion, attendre, dans un respectueux silence, que j'eusse rendu mes oracles dans mon sublime Feuilleton.

F. du 5 Brumaire suivant, je m'efforce de justifier mon opinion sur *le Mari ambitieux*, de Picard ; opinion où j'avais joint les personnalités les plus révoltantes à la cri-tique la plus amère ; opinion qui, d'ailleurs, ne s'était pas trouvée d'accord avec celle des autres journalistes : et je dis modestement que, *de tous les juges littéraires, je suis* LE SEUL *qui ait jugé.*

Ainsi tous mes confrères sont des sots, et moi seul j'ai de l'esprit : on peut penser cela, Monsieur, et je le pense ; mais on ne l'imprime pas, à moins que ce ne soit par suite d'une gageure. « L'amour-propre, a dit Voltaire,
» est l'instrument de notre conservation ; il ressemble à l'ins-
» trument de la perpétuité de l'espèce ; il est nécessaire ;
» il nous est cher ; il fait plaisir, mais il faut le cacher. »

L'ai-je caché, Monsieur ? Je vous crois encore assez loyal pour me répondre que *non.* La conséquence est-elle donc maintenant si difficile à tirer ? Je lis aussi bien que vous dans votre conscience ; soyez sincère ; vous auriez déjà cédé , sans les 5o louis du dénouement.

RÉSUMONS. J'ai parié que je me contredirais : et je viens de vous prouver que j'avais dit le pour et le contre avec une effronterie dont peut-être j'étais seul capable ;

Que je me permettrais des fautes de langage : et les *ampoules* de Voltaire , et la *langue* de l'amour, etc. , vous prouvent que je sais outrager la langue tout comme un autre , quand j'y trouve mon profit ;

Que j'imprimerais des platitudes : et je crois n'avoir rien à me reprocher à cet égard ;

Que les inepties ne me coûteraient rien : et les huit inepties que j'ai mises sous vos yeux , peuvent compter ;

Que je serais impudent : et je l'ai été doublement ;

Que je serais menteur et lâche : et mes Feuilletons sur M.me Xavier vous réduisent au silence ;

Que je serais de mauvaise foi : et je m'en suis acquitté en conscience ;

Que je me montrerais orgueilleux et suffisant : et franchement je n'ai eu aucun effort à faire pour y réussir.

Maintenant , que le public prononce. Ai-je perdu ? ai-je gagné ? Mon argent vous sera remis à l'instant , si j'ai tort ; mais aussi , Monsieur , préparez le vôtre , si l'on vous condamne. Je vous en préviens , n'attendez de moi ni grâce, ni composition. Si j'ai avoué plus haut que je n'avais pas dû hésiter à être sot pour de l'argent, je vous déclare ici que je ne consentirai jamais à l'avoir été pour vos menus plaisirs. Salut.

L'estimable Rédacteur du Feuilleton.